I0686612

LÉANDRE·CANDIDE,

O U

LES RECONNOISSANCES;

COMÉDIE·PARADE,

EN DEUX ACTES, EN PROSE ET EN VAUDEVILLES.

Repréſentée , pour la première fois , par les Comédiens Italiens Ordinaires du Roi, le Mardi 27 Juillet 1784.

Prix , trente ſols.

A PARIS,

Chez BRUNET , Libraire , rue de Marivaux, près du Théâtre Italien.

M. DCC. LXXXIV.

PERSONNAGES.	ACTEURS.
LÉANDRE-CANDIDE.	M. Dorfonville.
LE BARON, Chef des Gardiens du Sérail.	M. Trial.
LE DOCTEUR PANGLOSS, Philofophe, ancien Précepteur de Léandre & du Baron.	M. Rofiere.
CASSANDRE, autre Philofophe, ami de Léandre.	M. Favart.
ISABELLE, Amante de Léandre.	Mlle Desbroffes.
COLOMBINE, Suivante d'Ifabelle. ESCLAVES D'USBEC.	Mme La Caille.
PIERROT, Valet de Léandre.	M. Ménier.
LE CONCIERGE du Caravanférail.	M. Corali.

DIFFÉRENS ESCLAVES DU SERAIL.

La Scène eft en Turquie ; le premier Acte dans un Caravanférail , & le fecond à la Maifon de Campagne d'Usbec.

LÉANDRE-CANDIDE,

COMÉDIE.

ACTE PREMIER.

Le Théatre repréfente un Sallon du Caravenférail.

SCENE PREMIERE.

LÉANDRE, CASSANDRE.

LÉANDRE.

AIR : *Je fuis joyeux, je fuis toujours gaillard.*

AH ! ç'en eft fait,
Je renonce tout net
Au fyftême qui vous déplait
De trouver tout parfait.
Oui, Pangloff avoit beau dire ;
Nous allons de mal en pire,

A 2

Dans cet Univers :
Il eſt certain que quelqu'eſprit pervers ,
Echappé des Enfers ,
Mène tout à l'envers ;
Car j'éprouve, par mes revers ,
Que tout va de travers.

CASSANDRE.

Vous plaiſantez , ſans doute. Votre ſçavant Docteur Pangloſſ ne vous a-t-il pas toujours dit que tout étoit au mieux ?

LÉANDRE.

Oh ! c'eſt un parti pris , mon cher Martin Caſ-ſandre ; l'expérience m'a rendu de votre ſentiment pour la vie. J'ai parcouru la moitié du monde , & j'ai toujours vu triompher l'injuſtice , la fraude , la méchanceté & la calomnie ; je n'ai cherché qu'à rendre ſervice aux hommes & j'en ai été perſécuté.

CASSANDRE.

C'eſt dans l'ordre.

LÉANDRE.

Je vois trop que mon ſort ne ſera pas meilleur chez les Turcs.

AIR : *de Joconde.*

En vain dans ces triſtes climats ,
Je cours après ma Belle.
Quel eſt votre deſtin , hélas !
O ! ma chère Iſabelle !

CASSANDRE.

A quoi bon la plaindre si fort,
Mon ami , c'est folie.
Soyez tranquille sur son sort ,
Elle est jeune & jolie.

LÉANDRE.

Il faut pourtant que tout soit bien , puisque mon
Précepteur Pangloss l'a dit ; mais je n'en suis pas
moins le plus malheureux des êtres possibles.

CASSANDRE.

Et vous avez crû....

LÉANDRE.

Hélas ! j'étois bien excusable.

A I R : *Mon petit cœur.*

On m'éleva jadis en Westphalie ,
Où j'habitois le plus beau des Châteaux.
Le tendre Amour & la Philosophie ,
A chaque instant m'offroient plaisirs nouveaux.
Analysant , calculant toutes choses ,
Près de ma Belle ou de mon Précepteur ,
Je raisonnois des effets & des causes:
Innocemment je croyois au bonheur.

CASSANDRE.

Innocemment ; c'est le mot.

LÉANDRE.

Même Air.

Je chérissois mon aimable Isabelle ,
Qui me payoit du plus tendre retour ;

A 3

J'étois souvent aflis à côté d'elle ,
Le cœur tremblant , mais enivré d'amour ;
Preffant fa main , exprimant ma tendreffe ,
Je rencontrois un rayon de fes yeux ;
Tous deux plongés dans une douce ivreffe ,
Il nous fembloit que tout étoit au mieux.

CASSANDRE.

Ce font-là des moments de délire. A vingt
ans le tendre Amour femble le confolateur du
genre-humain , le confervateur de l'Univers , l'âme
de tous les êtres fenfibles.

LÉANDRE.

Hélas ! je l'ai connu cet Amour , ce fouverain
des cœurs , cette âme de notre âme ; il ne m'a
jamais valu qu'un baifer de ma chère Ifabelle , &
vingt foufflets du Baron fon père , qui me chaffa
impitoyablement & c'eft ici le meilleur des mon-
des , que font donc les autres ! O , pays d'Eldo-
rado , pourquoi vous ai-je quitté !

CASSANDRE.

Tenez , pour nous affermir de plus en plus
dans mon fyftême , rappellons-nous les événements les plus fâcheux de notre vie.

LÉANDRE.

Très-volontiers. Lorfque mon Protecteur m'eût
chaffé.

AIR : *Je fuis natif d'une ville.*

Ne fachant hélas! que faire ,
Sans rien comprendre à cela ,

Je me suis vu Militaire,
Déserteur, & cœtera ;
Témoin de la mort cruelle
De Pangloss, mon seul espoir,
Puis j'ai retrouvé ma Belle
Infidelle par devoir.

CASSANDRE.

AIR : *de la Fanfare de S. Cloud.*

A bon droit, moi, je déclâme
Contre les événements.
Battu, volé par ma Femme,
Dédaigné de mes Enfants,
Escroqué par mon Libraire,
Trahi de tous mes Amis,
Je soutiens que sur la Terre,
Tout est mal, tout est au pis.

LÉANDRE.

Je suis la douceur même, & malgré cela :

Air : *Je suis natif d'une ville.*

Un jour ma main innocente
Assomme mes deux Rivaux;
Je suis loin de mon Amante,
J'erre en des Climats nouveaux :
La Fortune moins traitresse
Change mon destin fatal ;
Mais qu'est-ce que la richesse
Quand l'Amour nous traite mal !

SCENE II.

LES PRÉCÈDENS, LE CONCIERGE
du Caravanférail, PANGLOSS.

LE CONCIERGE, *à Léandre.*

SEIGNEUR, voilà ce malheureux Efc'ave, de qui vous avez bien voulu payer la liberté, fans le connoître, & fur ce que je vous ai dit feulement qu'il étoit de votre pays, & grand Philofophe.

PANGLOSS, *à Léandre.*

Généreux Inconnu....

LÉANDRE.

Ciel! que vois-je ?..... Mais, non, cela n'eft pas poffible.

PANGLOSS.

Grands Dieux ! mon cher Léandre ! mon cher Elève ! mon Ami !

LE CONCIERGE, *en fortant.*

Un Ami ! Oh ! c'eft de l'argent bien placé !

SCENE III.

LÉANDRE, CASSANDRE, PANGLOSS.

LÉANDRE.

Mon cher Maître.

CASSANDRE.

Ah, voilà donc le célèbre Pangloff!

PANGLOSS.

Quoi, c'eft à vous que je dois ma liberté!

LÉANDRE.

Mon pauvre Pangloff! mais comment fe peut-il que je vous revoie après l'accident qui vous eft arrivé en ma préfence?

PANGLOSS.

Air, *Ah mon Dieu, que je l'échappai belle!*

Il eft vrai que je l'échappai belle,
Avec ma douleur
Ma frayeur
Eft encor nouvelle:
Malgré moi toujours je me rappelle
Le trifte fléau
Qui penfa me mettre au Tombeau.
J'eus befoin d'être un grand Philofophe
Pour me raffermir
Et foutenir
La cataftrophe:
Mais à tort le deftin j'apoftrophe;

Apprenez que . . . . Non ,
Faisons une comparaison.
Quand de nous partout on désespère ;
Médecin savant
Croit souvent
Nous tirer d'affaire ,
Or le mien a fait tout le contraire ;
Il m'a cru perdu ,
Et pourtant j'en suis revenu.

LÉANDRE.

Je ne conçois pas trop comment tout cela s'est fait.

PANGLOSS.

Air : *Messieurs , faites attention.*

Depuis ce tems j'ai voyagé ,
Et je fus pris par un Corsaire ,
Lequel m'a fort peu ménagé ,
Mésusant du droit de la Guerre :
Par un Turc je fus achetté ,
Puis votre générosité
Me tire aujourd'hui d'esclavage ,
Je m'estime enfin très-heureux ,
Car je prouve à mon avantage
Qu'ici bas tout est pour le mieux.

LÉANDRE.

Mon cher Pangloff, que je suis heureux de vous voir !

PANGLOSS.

Dites-moi un peu , mon Ami, quel est ce visage hétéroclite.

LÉANDRE.

Air : *Du pauvre monds.*

C'eſt entre nous,
Un Homme des plus fous
Qu'on appelle Martin Caſſandre.
Quand tout eſt bien ,
Doſteur , il n'en croit rien,
Et dans l'inſtant vous pourrez l'entendre
Prouver que tout eſt mal ,
C'eſt ſon but principal :
On en voit peu , ma foi, de ſon étoffe.
Toujours criant,
Contrariant ,
N'adoptant
Que ſon ſentiment.

PANGLOSS.

Ah ! j'entends , Monſieur eſt Philoſophe.

(à Caſſandre.)

Air : *Dans le fond d'une Ecurie.*

Je me flatte , mon Confrère ,
Que vous voudrez bien m'aider ,
Moi ſeul j'aurai trop affaire,

(En montrant Candide.)

S'il faut le perſuader ;
Mon Élève eſt un Enfant
D'un très-joli caractère ,
Il eſt vif & pétulant ;
Mais , bon ! c'eſt une miſère.
Malgré cela chacun voit
Qu'il a le Jugement droit.

C'eſt un don de la Nature,
Trop heureux qui peut l'avoir ;
Son ame eſt naïve & pure,
Pourtant, il a du ſavoir
Sans être un eſprit borné,
Il eſt bon, ſimple, timide,
Et l'on s'eſt déterminé
A le ſurnommer Candide,
Il doit être auſſi connu
Que ſon frère l'ingénu.

Comme il eſt né bon, nous pourrons le rendre meilleur.

CASSANDRE.

Il n'y a rien de bon dans le monde, donc rien ne peut être meilleur.

PANGLOSS.

Quel diſcours !

CASSANDRE.

Air : *Eh mais ouida.*

Tout eſt mal ſur la Terre.

PANGLOSS.

Eh non, tout eſt au mieux.

CASSANDRE.

Mais, s'il vous plaît, la Guerre....

PANGLOSS.

Fait les Héros fameux ;
Eh mais oui-dà,
Comment peut-on trouver du mal à çà ?

CASSANDRE.

Les hommes font fi méchans.....

LÉANDRE.

Les femmes font fi douces!

CASSANDRE.

Les femmes! oh je vous en dirais beaucoup fur leur compte. D'abord.

Même air.

Elles font inconftantes

PANGLOSS.

Nous les en aimons mieux;
Plus elles font changeantes,
Plus elles font d'heureux;
Eh mais oui-dà,
Comment peut-on trouver du mal à çà?

LÉANDRE.

Oh, le grand Philofophe! j'en fuis fâché pour vous, mon cher Martin Caffandre; mais je ne crois pas que tout foit fi mal que nous le difions tantôt.

PANGLOSS.

Air : *Sans le favoir.*

(1) "J'aime à voir qu'avec modeftie
Vous fuivez ma Philofophie.

CASSANDRE.

Même fans y rien concevoir.

_____

(1) Un Manufcrit, donné à l'un des Auteurs de cette Bagatelle, a fourni le fond des Couplets marqués d'une ". Quelques-uns ont été pris en entier, & font guillemettés. Le même Manufcrit a pareillement indiqué le rôle du Baron, Chef des Eunuques.

PANGLOSS.

Que veut dire cette apoftrophe?

CASSANDRE.

Meffieurs, je crois m'appercevoir

Que fouvent on eft Philofophe

Sans rien favoir.

PANCLOSS.

Laiffons cette difpute; nous la reprendrons. A votre tour, Candide, apprenez - moi par quel hafard je vous retrouve en Turquie, & dans ce Caravanferail.

LÉANDRE.

Vous faurez, mon cher Docteur, que le jour de votre décès, dont la cérémonie attira tant de monde, l'aimable Baronne que nous croyons morte, étoit parmi les fpectateurs.

PANGLOSS.

Bon!

LÉANDRE.

Elle vous appetçut & s'évanouït.

PANGLOSS.

Ah! je la reconnois; elle a le cœur fi bien placé.

CASSANDRE.

Pas mieux que les autres.

LÉANDRE.

Elle me reconnut auffi moi, & j'eus bientôt le plaifir de me trouver feul avec elle.

CASSANDRE.

Oui, & ce tête-à-tête délicieux le conduifit à affommer deux hommes.

PANGLOSS.

Vous m'étonnez.

Air : *Du Poëte supposé.*

Çà n'devoit pas finir par là,
Puisque çà commençoit com'çà;

LÉANDRE.

J'avois , hélas! près de ma Mie
Souffert mainte tracafferie ;
Le chagrin de votre trépas . . . .
Et puis pour fortir d'embarras. . . .
Mon ami , j'avois perdu la tête.

PANGLOSS.

Oh! je le répete ,
Çà n'devoit pas &c.

CASSANDRE.

Après cette belle équipée , il s'est enfui avec
la Baronne, qu'un rival puiffant lui a enlevé. Seul,
errant de Pays en Pays , il a rencontré le Baron ,
frère de fa Maîtreffe , & forcé de fe battre contre
lui.....

PANGLOSS.

Quoi! le Baron que j'ai vu périr.....

LÉANDRE.

N'avoit point péri, & j'ai eu le malheur de le
percer d'un grand coup d'épée.

CASSANDRE.

Eh bien, Docte Philosophe, qui trouvez tout
au mieux , appellez-vous cela du bonheur.

PANGLOSS.

Ce font des ombres au tableau.

CASSANDRE.

Ce font des taches.

SCENE IV.

LES MÊMES, PIERROT, *vêtu en Efclave Turc.*

PIERROT.

Hola, eh! n'y a-t-il perfonne ici?

LÉANDRE.

Ah, maître fripon, je te tiens à la fin. Ce déguifement ne m'empêche pas de te reconnoître.

Air, *Eh qu'en dira ma mère.*

« Tu vas éprouver mon couroux.

PANGLOSS.

» Qu'allez vous faire?

LÉANDRE.

» Si je n'étois pas auffi doux,
» Morbleu, je le rouerois de coups.

CASSANDRE.

» Ce petit caractère
» Dans un Philofophe, entre nous,
» N'eft pas trop exemplaire.

PANGLOSS.

Vous êtes trop vif. Quoi, ne fauriez-vous arriver
dans

dans un Pays sans battre quelqu'un ? Quel est cet homme là ?

LÉANDRE.

C'est Pierrot, mon honnête valet, à qui j'ai confié une partie de ma fortune pour me ramener la Baronne. Qu'as-tu fait de mon argent, coquin ? Qu'est devenue Isabelle ?

PIERROT.

Premiérement, Monsieur, votre argent est bien loin ; j'en ai perdu, j'en ai dépensé, on m'en a volé, & il ne me reste plus rien. Quant à votre maîtresse, elle est ici.

LÉANDRE.

Elle est ici ! que je suis heureux ! Eh, qu'y fait-elle ? Est-elle toujours un prodige de beauté ? m'aime-t-elle toujours ?

PIERROT.

En pouvez-vous douter ?

CASSANDRE.

Il auroit grand tort.

LÉANDRE.

Conduis-moi près d'elle, que je meure de joye en la voyant.

PIERROT.

Vous ne pouvez pas la voir.

LÉANDRE.

Je ne peux pas la voir ?

PIERROT.

Non ; & moi qui vous parle, je n'ai pas encore

B

vu son visage, quoique nous servions tous deux le même maître.

LÉANDRE & PANGLOSS.

Le même maître !

PIERROT.

Le Seigneur Usbéc, Pacha de cette Province.

AIR : *Où allez-vous , M. l'Abbé.*

Rien n'est plus vrai, mais cependant
Notre service est different ;
Moi je sers la journée.

LÉANDRE.

Eh bien ?

PIERROT.

Et votre Dulcinée....
Vous m'entendez bien.

LÉANDRE & PANGLOSS.

Non.

CASSANDRE, à *Léandre.*

AIR : *Adieu Paniers.*

Mon cher, avec maintes fillettes
Votre Baronne est au férail.
Or une fois en tel Bercail,
Adieu paniers, vendanges sont faites.

LÉANDRE.

Dieux, seroit-il possible !

PIERROT.

Air : *Il a voulu.*

Point de courroux ;
Rassurez-vous,

Isabelle
Est fidelle.
Mon Maitre en vain s'étoit flatté ;
A ses feux elle a résisté :
Il a voulu
Et n'a pas pu
Triompher de la belle.

LÉANDRE.

Ah ! je le crois bien.

CASSANDRE.

Air : *Va-t-en voir s'ils viennent.*

Va-t-en voir s'il viennent
Jean,
Va-t-en voir s'ils viennent.

PANGLOSS.

Il faut la faire sortir de ce sérail.

LÉANDRE,

Sans doute. Pierrot, mène-moi vîte vers ton maitre, tout mon bien. . . . .

PIERROT.

Air : *Vaudeville des Chasseurs.*

Gardez de lui faire connoître,
Et votre amour, & votre argent ;
Séduit par vos offres, peut-être ;
Près d'elle il seroit plus pressant.
Je vous révèle le mistère,
    Mais du Patron
    C'est la façon,

B 2

Il ne revendra le tendron
Qu'après l'avoir vu moins sévère. *bis.*

Quant à préfent, nous ne pourrons la lui ravir que par adreffe, & c'eft à quoi je vais travailler avec fa vieille fuivante Colombine, qui ne l'a pas quittée; mais puifque nous voilà réunis, nous y travaillerons tous enfemble.

LÉANDRE.

Mon ami Pierrot, as-tu bien dit à ma chère Ifabelle..... .

PIERROT.

Moi lui parler! oh, je ne fuis pas, grace au Ciel, de ces Meffieurs qui approchent des femmes des Turcs; mais vous me faites oublier que je viens retenir cette chambre pour Ifabelle qui s'y repo- fera un inftant, tandis que fa litière relayera. Mon maître l'envoye à fa maifon de Campagne, comme plus près de la Cour où il eft obligé de paffer quel- que tems.

LÉANDRE.

Je vais la voir!

PIERROT.

Eh non, vous dis-je.

LÉANDRE.

Air : *Je ne veux plus aller faire.*

Mais en mettant pied à terre....

PIERROT.

Un voile couvre fes traits;
Et des gens d'humeur févère
Veillent fur les indifcrets, (*bis*);

Ces Meſſeurs là ſans miſtère,
Sur le plus léger ſoupçon ,
Vous font......

LEANDRE.

Quoi donc ?

PIERROT.

Quelque tour de leur façon.

Elle ne pourra ôter ſon voile & reſpirer libre-
ment, que dans cette chambre & ſans autre témoin que Colombine.

LEANDRE.

Mon cher Pierrot, laiſſe-nous y cacher.

CASSANDRE.

Pas moi; je ne ſuis nullement curieux, & vous
me permettrez d'aller prendre l'air pendant cette
Scène.

Il ſort.)

SCENE V.

LES MÊMES, *excepté* CASSANDRE.

PANGLOSS.

OUI, cache-nous, mon élève & moi; j'aurai
un plaiſir incroyable à revoir la fille du cher
Baron.

PIERROT.

C'eſt bien dangereux. Si nous étions découverts,
gare le pal.

B 3

LEANDRE.

Nous ne le ferons point. Tiens, place-nous dans ce Cabinet, & à travers cette jalousie, nous pourrons observer ma chère Isabelle sans être apperçus.

PIERROT.

Allons, j'y consens ; cachez-vous donc bien l'un & l'autre, & sur-tout, prenez garde d'être vûs du Chef des Gardiens : ce seroit fait de vous.

LEANDRE.

Sois tranquille.

PANGLOSS.

Rapporte-t-en à notre prudence.

(Pierrot les place tous deux dans le Cabinet, en ferme les portes & en ôte les clefs.)

SCENE VI.

LÉANDRE, PANGLOSS, *cachés, & paroissant seulement à travers une jalousie.*

PANGLOSS.

Air : *C'est une bagatelle.* (du Droit du Seigneur.)

JE ne sais pas trop pourquoi,
Mais j'éprouve quelqu'effroi ;
Cet appareil en impose.

LÉANDRE.

Bon ! dans tout ce qu'on difpofe
Que voyez vous de fatal ?

PANGLOSS.

Mon ami , je crains le pal.

LÉANDRE.

Ifabelle eft ici , Docteur ; près d'elle ;
Près d'elle,
C'eft une bagatelle. *bis.*

PANGLOSS.

Fort bien pour vous qui êtes amoureux.

LÉANDRE.

Mêm: Air.

J'avouerai que malgré moi
J'éprouve auffi quelqu'effroi ;
C'eft de favoir Ifabelle
Dans les mains d'un infidele :
Je compte fur fa vertu ;
Mais je puis être déçu.

PANGLOSS.

Eh bien , pour vous ce n'eft rien ; pour elle ;
Pour d'elle ,
C'eft une bagatelle. *bis.*

LÉANDRE.

Chut ! on ouvre.

(*Ils ferment le rideau qui eft derrière la jaloufie &
l'entrouvent de temps en temps avec beaucoup de
précaution.*)

SCENE VII.

LES MÊMES, PIERROT, LE BARON.

LE BARON.

Pierrot, est ce-là la chambre que vous avez retenue ?

PIERROT.

Oui, Chef des Gardiens du Sérail de son Altesse.

LE BARON, *examinant par-tout.*

Faisons notre revue.... Bon, il n'y a personne. Donnez-m'en les clefs, & suivez moi.

(*Ils sortent.*)

SCENE VIII.

LÉANDRE, PANGLOSS, *cachés.*

LÉANDRE.

Mon cher Docteur !

PANGLOSS.

Mon cher Elève !

LÉANDRE.

Avez-vous observé cet homme ?

PANGLOSS.

Ce Chef des Gardiens du Sérail de son Alteffe ?

LÉANDRE.

Oui.

PANGLOSS.

Affurément, je l'ai regardé, & je crois que la peur a troublé ma vifière ; j'ai trouvé qu'il reffembloit étonnemment à Monfieur le Baron votre camarade d'étude, & fi je ne l'avois vu périr fous mes yeux.....

LÉANDRE.

Et moi, fi depuis que vous l'avez vu périr, je ne l'euffe tué de ma propre main, j'affurerois que c'eft lui.

PANGLOSS.

Il y a beaucoup de rapport, mais cependant....

AIR : *Un certain je ne fais qu'eft-ce.*

L'autre doit avoir, felon moi,
Un peu moins de jeuneffe,
Et dans fon air plus de rudeffe.
A la reffemblance, je crois,
Qu'il manque un certain je ne fais qu'eft-ce,
Qu'il manque un certain je ne fais quoi.

LÉANDRE.

Je le crois auffi.

PANGLOSS.

D'ailleurs, outre qu'il eft mort deux fois....
Comment fe pourroit-il qu'un Baron Allemand

eut pris l'état.... Il n'a jamais été d'humeur à déroger.

LÉANDRE.

Paix, on vient. C'est Isabelle ; le cœur me bat.

SCENE IX.

ISABELLE, COLOMBINE, LEBARON. LÉANDRE ET PANGLOSS, *toujours cachés.*

(*La porte reste ouverte. On voit les Eunuques qui l'entourent en dehors. Le Baron leur Chef monte la Garde au fond de la Chambre, Isabelle & Colombine sont sur le devant du Théâtre*).

LÉANDRE, *lorsqu'Isabelle a levé son voile.*

QU'ELLE est belle!

COLOMBINE.

Allons, Mademoiselle, un peu de gaieté. Faut-il donc passer ainsi les plus beaux jours de votre jeunesse à vous affliger & à regretter un Amant qui sans doute ne pense plus à vous!

LÉANDRE.

(*Il doit pendant toute la Scène paroître entièrement occupé d'Isabelle, & Pangloss du Baron.*)

Oh ! la vieille Sorcière !

ISABELLE.

Que veux-tu, ma pauvre Colombine, c'est plus fort que moi !

Air : *Jufques dans la moindre chofe.*

> Jufques dans la moindre chofe,
> Léandre s'offre à mes yeux ;
> Soit que je veille ou repofe,
> Tout me parle de fes feux :
> Je le vois, malgré l'abfence,
> Et peut-être c'eft un mal ;
> Car je crains pour ma conftance
> De le voir dans fon Rival.

LÉANDRE, *à part.*

Charmante !

COLOMBINE.

Quand cela feroit, voyez un peu le grand malheur !

ISABELLE.

Mon cher Candide ! non, je n'oublierai jamais le moment où chez mon père, il me parla de fon amour pour la première fois.

Air : *J'étois dans mon lit tranquille*, ou *Nous avions une terraffe.*

> Un jour fous un verd feuillage,
> Parmi les rameaux
> Voyant deux tourtereaux,
> J'éprouve à leur doux ramage
> Des fentiments pour moi nouveaux :
> Mon cœur palpite à cette vue,
> Les fens agités, l'ame émue,
> Je rentre au Château promptement ;
> Tout-à-coup près d'un paravent,
> Je rencontre, hélas ! mon Amant :

Il m'aborde très-poliment,
Puis il prend ma main en tremblant ;
Et me la baise innocemment.
Gronder alors n'eut pas été discret ;
Il s'apperçoit que je suis peu sévère,
Et me dérobe, avec bien du respect,
Un doux baiser ; mais voilà que mon père
Nous surprend, & tout en colère,
Voit cette cause & cet effet.
Il jure, il s'emporte,
En vain je l'exhorte ....
Avec vingt soufflets, Léandre est à la porte ;
Et, dans sa détresse,
Pour toute richesse,
Ce charmant vainqueur,
N'emporta que mon cœur.

LÉANDRE, *à part.*

Elle ne ment pas d'un mot.

COLOMBINE.

Eh bien ! Mademoiselle, depuis ce tems-là vous avez retrouvé votre Amant, vous l'avez reperdu, un autre se présente, il est de la prudence de l'accepter.

PANGLOSS, *à part.*

Ce Chef des Gardiens est assurément mon pupille.

ISABELLE.

Tu en parles bien à ton aise ; mais, Colombine, mets-toi à ma place.

COLOMBINE.

Plût au Ciel ! ma chère Maitresse.

PANGLOSS, *à part.*

Quel état pour un Baron !

COLOMBINE.

Convenez que le Seigneur Usbec est un Turc
bien poli , & qu'il a pour vous bien des atten-
tions.....

ISABELLE.

Oui, je lui rends justice.

Air : *Non , jamais la Nature au jour.*

> J'aimerais ce nouvel amant
> Sans l'honneur qui tout bas reclame ;
> L'Européen le plus galant
> Seroit moins aimable en sa flâme.
> C'est un bien pénible devoir
> Que de vaincre & braver sans cesse
> D'un Turc la force & le pouvoir,
> Et d'un François la politesse.

LÉANDRE , *à part.*

Je fais bien d'arriver.

ISABELLE.

Air : *O toi , qui suis mes pas.*

> O toi , qui fais couler mes pleurs,
> Toi pour qui je tiens à la vie ;
> Éloigné de ta bonne Amie ,
> Quelles sont , hélas! tes douleurs ?
> Que ne peux-tu de ma constance,
> Entendre la voix en ce jour,
> Le souvenir de notre amour ;
> Je n'ai point d'autre jouissance.

COLOMBINE.

Allez , allez , vous vous laſſerez de cette ridicule & vaine réſiſtance.

PANGLOSS, à part.

Il eſt bien changé.

COLOMBINE.

Oui , Mademoiſelle.

Air : *Nous ſommes Précepteurs d'Amour.*

On rejette d'abord les vœux
D'un conſolateur doux & tendre ;
On ſe défend un jour ou deux ;
Mais au troiſième il faut ſe rendre.

PANGLOSS.

Comme il eſt pâle & défait !

COLOMBINE.

Aſſurément, Mademoiſelle, tôt ou tard il faut en venir là.

ISABELLE.

Je ne le ſais que trop, & c'eſt ce qui me fait trembler.

PANGLOSS, à part.

Il étoit mieux jadis, il a beaucoup perdu.

ISABELLE.

En tout cas, mon enfant,

Air : *Ce fut la faute du ſort.*

Ce ſera la faute du ſort,
Si jamais je ſuis inconſtante,
Et , ſans avoir le moindre tort,

Vu l'afcendant qui me tourmente.
Cependant je me défendrai ;
Mais, pour réfifter, trop timide ;
Fidelle, je ne me rendrai
Qu'en penfant à mon cher Candide. *bis.*

LÉANDRE, *à part.*

Quelle délicateffe !

COLOMBINE.

Comme cela, vous ferez infidelle fans être in-
conftante.

(*Pierrot paroît au fond du Théâtre, & parle bas
au Baron.*)

LE BARON, *à Ifabelle du fond du Théâtre.*

Etoile du Sérail, on n'attend que vos ordres
pour fe remettre en route.

ISABELLE.

Je vous fuis.

(*Elle baiffe fon voile, & fort avec Colombine.*)

PANGLOSS, *à part.*

Il avoit, ce me femble, la voix moins claire &
plus mâle.

SCENE X.

PIERROT , LÉANDRE, PANGLOSS.

(*Pierrot fait fortir Léandre & Pangloff de leur cachette.*)

LÉANDRE.

AH! mes amis, je goute une joie inexprimable ; elle a réfifté à ce Turc, elle m'aime ; je fuis le plus heureux des hommes.

SCENE XI.

LES MÊMES, CASSANDRE.

CASSANDRE, *arrivant.*

D'HONNEUR, je ne m'en ferois pas douté.

PANGLOSS, *à Caſſandre.*

Vous l'entendez.

PIERROT.

Oh ça, rendons-nous vite à la maifon de cam-pagne d'Usbec.

Air : *Du pas redoublé de l'infanterie.*

Sans perdre un feul inftant , partons,
Meſſieurs , fuivons la belle.

USBEC

Usbec est absent, nous pourrons
Enlever Isabelle.
La vieille, en ce projet urgent,
Nous sera nécessaire.
Un peu d'audace, un peu d'argent
Termineront l'affaire.

CASSANDRE.

Air : *Roulant ma Brouette.*

» Dans cette entreprise
» Nous jouons très-gros.

PIERROT.

» Mais c'est la devise
» De tous les Héros.

PANGLOSS.

» Dans l'ordre des choses,
» Le cas est, je crois ;
» On n'a pas de roses
» Sans piquer ses doigts.

LÉANDRE.

Air : *cessez, cessez, mon père.*

» Hélas ! moi, j'ai bien la mine,
Tant j'eus toujours de malheur
De trouver ici l'épine,
Sans pouvoir cueillir la fleur.

C

PANGLOSS.

Que vous êtes enfant !

LÉANDRE.

Pardonnez, ô mon cher maître !
Cet instant de sombre humeur.
Vos sages leçons, peut-être,
Rendront l'espoir à mon cœur.

CASSANDRE.	LÉANDRE.	PANGL. PIERROT.
Je crois qu'il a bien la mine	Mais, hélas ! j'ai bien la mine.	Allez, l'Amour vous destine.
Dans sa ridicule ardeur,	Tant j'eus toujours de malheur,	Un sort plus doux, plus flatteur,
De trouver ici l'épine,	De trouver ici l'épine,	Sans trouver ici l'épine,
Sans pouvoir cueillir la fleur.	Sans pouvoir cueillir la fleur.	Vous allez cueillir la fleur.

Fin du premier Acte.

ACTE II.

Le Théâtre repréfente les Jardins extérieurs du Sérail : au fond eft l'aîle d'un Pavillon.

SCENE PREMIERE.

PIERROT, COLOMBINE.

COLOMBINE.

Air : *Courons de la Brune à la Blonde.*

Si tu me tiens ta promeffe,
Mon enfant, compte fur moi;
Je fervirai la tendreffe
De Léandre, ainfi que toi.

PIERROT.

Votre demande m'afflige.

COLOMBINE.

Oh! mon zèle eft à ce prix.

C2

C'eſt à bon droit que je l'exige.
Ici, comme à Paris,
Dans tout pays,
On ſuit la même loi.
C'eſt pour ſoi,
Oui, pour ſoi,
Qu'on ſuit ou qu'on oblige.

PIERROT.

Eh bien, voilà qui eſt dit ; vous obtiendrez ce que vous voudrez, à condition, comme nous en ſommes convenus, que vous nous aiderez à enlever Iſabelle d'ici.

COLOMBINE.

A la bonne heure ; j'y conſens, quoi qu'en vérité je ne croie pas que ce ſoit le parti le plus ſage.

PIERROT.

Comment....

COLOMBINE.

Air : *Des fleurettes.*

Dans le ſiècle où nous ſommes,
Le trait eſt des plus fous :
Car aujourd'hui les hommes
Plus prudens & plus doux,
Près d'une jeune fillette,
Se donnent moins d'embarras,
Pierrot, l'on n'enlève pas,
Mais on achète.

PIERROT.

Oh! Nous avons nos petites raiſons pour ne pas acheter.

COLOMBINE.

J'entends. Ton Maître eſt fort amoureux.....

Air: *de la Bourbonnaiſe.*

Mais la richeſſe ?

PIERROT.

Madame, il en a.

COLOMBINE.

Quoi! la richeſſe ?

PIERROT.

Madame, il en a.

COLOMBINE.

Tu crois qu'il en a ?
Lui, de l'eſpèce?

PIERROT, *lui donnant une bourſe.*

Pour preuve déjà
Prenez cela.

COLOMBINE.

Air : *On compteroit les diamans.*

Tu peux à la vie, à la mort,
Compter à préſent ſur mon zèle:
Mais, que ne parlois-tu d'abord?
Je n'euſſe pas été rébelle.
Mon cher, on s'exprime ſi bien

Par le fon de quelques piftoles....
En ouvrant ainfi l'entretien,
On abrége bien des paroles.

Je rentre dans l'intérieur du Sérail. Ne néglige
pas mes intérêts, je vais m'occuper des tiens.

(*Elle fort.*)

SCENE II.

PIERROT, *feul.*

FORT-BIEN ; cette maudite vieille eft auffi
intéreffée qu'extravagante dans fes prétentions.

SCENE III.

PIERROT, LÉANDRE, CASSANDRE, PANGLOSS.

PANGLOSS.

Air : *L'avez-vous vu, mon bien Aimé.*

L'AVEZ-VOUS VU?

LÉANDRE.

Je l'ai bien vu.
Oui, c'eft-là fa figure.
Quel évènement imprévu !

PANGLOSS.

C'est lui, je vous assure.

PIERROT.

Eh! mais de qui parlez-vous donc?

LEANDRE.

Monsieur le Chef est le Baron.

PIERROT.

Quoi! ce Seigneur
Garde sa sœur!

CASSANDRE.

Quels doutes sont les vôtres!

PIERROT.

Garder sa sœur
A son Seigneur!

CASSANDRE.

On en a bien vu d'autres.

PIERROT.

Ecoutez donc, ils peuvent fort bien ne s'être
pas reconnu, car on dit que ce pauvre malheureux a essuyé des chagrins qui l'ont rendu mécon-
noissable, & d'ailleurs Isabelle ne sort que voilée,
& le Seigneur Usbec en est si jaloux, qu'il ne
permet qu'à la vieille Colombine de l'approcher
& de la servir.

LEANDRE.

Par prudence, toujours, cachons-lui nos pro-
jets, & sur-tout ne parlons point de sa sœur,
il n'entend pas raison sur cet article-là.

PIERROT.

Plus j'y pense, & plus je crois que le Chef

des Gardiens du Sérail eft votre Baron Allemand ; car, malgré le Turban, il aime fort à décoëffer la bouteille de vin, & c'eft de ce côté que nous pourrons le gagner, mais nous avons bien un autre embarras.

Air : *Des Trembleurs.*

Quoique vieille & chancelante,
Colombine, la Suivante
D'Ifabelle votre Amante,
Veut en tout bien, tout honneur,
Qu'un de nous trois, fans attente ;
Pour fon époux fe préfente ;
La Beauté point ne la tente ;
Elle ne cherche qu'un cœur.

CASSANDRE.

Comment ! & il faut que ce foit un de nous ?

PIERROT.

Sans quoi nous manquons notre affaire.

PANGLOSS.

Sa demande eft trop jufte.

LÉANDRE.

Eh bien ! mon cher Martin Caffandre ?

CASSANDRE.

Air : *Je n'fçaurais danfer.*

Je n'fçaurois vraiment
Contracter ce mariage.
J'ai précédemment
Pris certain engagement.

LÉANDRE.

Mon cher Pangloff.

PANGLOSS.

Même air.

Je n' fçaurois vraiment ;
J'ai toujours fui l'efclavage.
Pour l'engagement,
L'objet n'eft pas féduifant.

LÉANDRE.

Mon cher Pierrot.

PIERROT.

Même air.

Je n' fçaurois, vraiment ;
Il faut un trop grand courage ;
Et le mien tout franc,
M'abandonne en y penfant.

PANGLOSS.

Elle eft bien vieille.

LÉANDRE.

Même air.

Dans des cas preffans,
Mes amis, qu'importe l'âge ?
Soyez indulgens.

CASSANDRE.

Mais, mon cher, elle a cent ans.

PIERROT.

Cent ans ? C'eft tout au plus ; au refte, il me vient
une idée, qui, je penfe, nous mettra d'accord.

Air : *Quand le péril est agréable.*

Qu'ici pour le bien de nos ames,
Le hasard décide entre nous.

CASSANDRE.

Le hasard, Messieurs, dites-vous ?
Hélas! j'aurai deux femmes.

Car enfin la mienne n'est peut-être pas morte, &
si quelque jour j'allois la rencontrer.....

PIERROT.

Bon! bon! une femme de plus ou de moins
ce n'est pas une affaire. Je vais arranger trois pailles,
& celui de nous qui amènera la plus courte,
épousera la Duegne.

PANGLOSS.

J'y consens.

LÉANDRE.

Et vous, Cassandre ?

CASSANDRE.

Je suis bien forcé d'y consentir aussi , je vous
ai des obligations.

LÉANDRE.

Air : *Du Fleuve d'oubli.*

Il faut qu'en conscience
Tu disposes, Pierrot,
Chaque lot.

PIERROT.

Qui de vous deux commence ?

CASSANDRE.

Moi , je cède l'honneur
Au Docteur.

PANGLOSS, *à part.*

De la paille qu'il écourte
Gardons nous.

PIERROT, *à Pangloſſ.*

Enlevez.
Vous avez

La plus courte.

PANGLOSS.

La plus courte !

PIERROT.

La plus courte.

CASSANDRE.

Mon cher Docteur, je vous fais compliment.
Ce mariage eſt ſans doute pour le mieux ?

PANGLOSS.

Pourquoi pas ? Il faut en eſſayer.

Air : *Un Cordelier.*

Je veux ſçavoir de cette belle Dame
Ce qu'elle a dans l'ame.
C'eſt un trait, Monſieur,
Qui peut me faire honneur.
Quoi ? dira-t-on ? Quoi ? Pangloſſ ſe marie ?
Eſt-ce une folie ?
On voit bien que non,
C'eſt excès de raiſon.

SCENE III.

LES PRÉCÉDENTS, COLOMBINE.

COLOMBINE.

Air : *Toujours feule, difoit Nina.*

MESSIEURS, de fortir d'embarras ;
Déjà je fuis jaloufe.
Ici je reviens fur mes pas.

LÉANDRE.

Eh bien ! l'on vous époufe.

COLOMBINE *montrant Pierrot.*

Seroit-ce ce beau garçon-là ?

PIERROT.

Nenni dà.

COLOMBINE, *montrant Caffandre ?*

C'eft donc ce vieux-là ?

PIERROT.

C'eft mieux que ça.

CASSANDRE.

Tournez par-là.
Car le voilà.

PANGLOSS.

Me voilà.

COLOMBINE.

Là ?

CASSANDRE.

Précisément. Le Seigneur Pangloss qui vous prouvera très-mal que tout est au mieux dans le monde.

COLOMBINE à *Pangloss qui l'examine.*

Air : *Monseigneur, vous ne voyez rien.*

Cher Docteur, vous ne voyez rien ;
C'est-là mon habit de voyage :
Mais en formant ce doux lien,
Je sçaurai tirer avantage
De mille petits agrémens
Qui vont m'ôter plus de vingt ans.

CASSANDRE.

Il lui en restera encore assez.

PANGLOSS.

Elle est assez bien.

COLOMBINE.

Ah ! Docteur, vous ne voyez rien.

Air : *De pareilles venues* (du Marchand d'Esclaves.)

Vous ignorez peut-être
De qui j'ai reçu l'être.
Oh ! je suis très-noble vraiment,
Et mon père de son vivant
Étoit Gentilhomme
Des premiers de Rome.

PANGLOSS.

Air : *Charmante Gabrielle.*

Quant à votre naissance,

Je vous le dis sans fard ;
Je mets peu d'importance
A ce jeu du hasard.
Vous en faire une gloire
Seroit abus.
C'est une vieille histoire,....
N'en parlons plus.

COLOMBINE.

Je me porte encore aussi bien que vous tous.

Air : *De la Béquille.*

J'entends, on ne peut mieux,
J'ai la visière nette,
J'ai le propos joyeux ;
Je dis la Chansonnette,
De gaité je pétille ;
Mes pas font chancelans ;
Mais avec la béquille,
Je vais comme à quinze ans.

PANGLOSS.

Ma foi, Messieurs, je commence à m'accoutu-
mer à la voir.

CASSANDRE.

Grand bien vous fasse.

LÉANDRE.

Vous aurez le tems de vous exprimer votre ten-
dresse. Nous perdons ici des momens précieux.

PIERROT.

Non, ce n'est pas encore le moment d'agir ;

il faut que j'aille rendre compte au Seigneur Usbec de l'arrivée de sa favorite ; la Cour n'est qu'à une portée de fusil d'ici, & je ne tarderai point à revenir. En attendant, vous pourrez voir le Chef des Gardiens que j'ai prévenu de votre visite.

COLOMBINE.

Je ne me sens pas de joie ; mais mon bonheur est-il bien certain ?

Air : *Vaudeville de Rose & Colas.*

D'en douter il doit m'être permis ;
Je me suis déjà fiancée ;
Et cela vainement, mes amis,
Car jamais je ne fus épousée.

PANGLOSS.

Mais apparemment que c'est moi
Qui doit achever l'aventure.
Il faut seconder la nature,
Puisqu'elle nous fait la loi.

PIERROT.

J'apperçois le Chef qui vient de ce côté, retirons-nous un instant. Avant que vous l'abordiez, il est à propos que je vous prescrive la conduite que vous devez tenir pendant mon absence.

(*Ils se retirent au fond du théâtre & le Baron arrive.*)

SCENE V.

LE BARON, *feul.*

Qu e l s peuvent être ces Etrangers qui de-
mandent à me voir ? Ils m'auront connu fans doute
dans le Château de mon père, avant les malheurs
affreux qui depuis. . . . Hélas ! quelle différence !

Air : *Félicité paſſée.*

Dans ces beaux lieux fans ceſſe,
Tout flattoit mes defirs,
Le tems de ma jeuneſſe
Fut le tems des plaifirs.
Félicité paſſée,
Qui ne peut revenir,
Tourment de ma penſée,
Que n'ai-je, en te perdant, perdu le fouvenir ?

SCENE VI.

LE BARON, CASSANDRE, PANGLOSS.

PANGLOSS, *à Caſſandre, à part.*

Il a l'air de bien mauvaiſe humeur.

CASSANDRE.

On le feroit à moins.

PANGLOSS.

PANGLOSS, *abordant le Baron.*

Air : *Serviteur à M. Lafleur.*

Puiſſant Seigneur....

LE BARON.

Moi! puiſſant Seigneur !
Vous me faites beaucoup d'honneur.

PANGLOSS.

Peut-on, ſans indiſcrétion, s'informer à quoi
s'occupe le Chef des Gardiens du Sérail du
Seigneur Usbec en cette ſolitude ?

LE BARON.

A me déſeſpérer.

PANGLOSS.

Triſte occupation. Il paroît que Monſieur le
Baron a tout-à-fait oublié la morale & le phyſique
du pauvre Docteur Pangloſſ.

LE BARON.

Comment ! mais c'eſt mon ancien maître de
Philoſophie ?

PANGLOSS.

C'eſt moi-même.

LE BARON.

Je ſuis enchanté de vous voir, mon cher Pangloſſ.

PANGLOSS.

Je partage votre joie de tout mon cœur ; mais
comment ſe peut-il que vous ayez pris un état
ſi ſingulier ?

D

LE BARON.

Air : *Ce joli Char que vous voyez.* (D'Ariſtote.)

Mon cher Docteur, voici comment
A cet état j'ai pu deſcendre.
Dans un combat avec Léandre,
Je fus bleſſé cruellement.
Corrigé de ma pétulance,
Je ſuis devenu ſi réſervé,
Qu'en ce ſéjour on m'a trouvé
Digne de toute confiance.

PANGLOSS.

Cette place a ſes avantages.

CASSANDRE, *à part.*

Il eſt homme à lui prouver que tout eſt pour
le mieux.

PANGLOSS.

Air : *L'amour, la nuit & le jour.*

Il eſt plus d'un moyen
De pouvoir s'y diſtraire.

LE BARON.

Ici je ne fais rien,
Et nuis à qui veut faire
L'amour
La nuit & le jour.

PANGLOSS.

Vous en voulez donc beaucoup à Léandre?

LE BARON.

Hélas! je lui pardonne, d'autant que c'eſt une

affaire faite; & puis, comme je vous difois, je fuis devenu très-pacifique.

PANGLOSS.

Léandre, venez embraffer Monfieur le Baron.

LE BARON.

Léandre!

SCENE VII.

LES PRÉCÉDENS, LÉANDRE.

LÉANDRE.

Air : *dé la* **Confeffion.**

JE viens devant vous,
A deux genoux,
D'un cœur fincère....

LE BARON.

Mon cher, levez-vous,
Je n'ai point point gardé de courroux.
Tenez, j'avois tort en cette affaire,
Et je confidère
Que nos ennemis
Il eft permis
De les défaire;
Sûr de votre fait,
Juftement vous m'avez défait.

D 2

LÉANDRE.

Air : *Des Bergères du Hameau.*

Je veux me faire un devoir
De réparer cet outrage ;
Oui, pour fortir d'efclavage ;
Difpofez de mon avoir.

LE BARON.

Je fens d'un ame attendrie
Un procédé fi délicat ;
Mais, quand on a pris mon état,
Mon ami, c'eft pour la vie.

Eh, par quel hafard vous trouvez-vous tous
en Turquie ?

PANGLOSS.

Nous vous ferons le récit de nos aventures le
verre à la main, fi vous voulez nous faire l'honneur....

LE BARON.

Air : *Une jeune fillette.*

C'eft fort bien vu, je penfe,
Soudain
Le verre en main,
Renouons connoiffance ;
Venez, fans bruit,
Dans mon réduit ;
J'y conferve du vin
Divin :
Là, toute en affurance,
Riant,

Buvant,
Trinquant,
Chantant,
En dépit du décret
De Mahomet,
Souvent j'oublie avec Bacchus
Les plaisirs de Vénus.

LE. PANGL. CAS.   **LE BARON.**

Allons en assurance,	Venez en assurance,
Riant,	Riant,
Buvant,	Buvant,
Trinquant,	Trinquant,
Chantant,	Chantant,
En dépit du décret	En dépit du décret
De Mahomet,	De Mahomet
Nous oublirons avec Bacchus	Nous oublirons avec Bacchus
Les plaisirs de Vénus.	Les plaisirs de Vénus.

(*Ils sortent tous, excepté Cassandre.*)

SCENE VIII.

CASSANDRE, *resté seul.*

J'ESPÈRE que tout ceci nous attirera quelque mauvaise affaire, & que j'aurai bientôt le plaisir de confondre ce radoteur de Pangloss. Suivons-les cependant. (*Il va pour sortir*).

SCENE IX.

CASSANDRE, COLOMBINE.

COLOMBINE.

Monsieur, Monsieur.

CASSANDRE.

Bon, voici l'autre folle.

COLOMBINE.

Le Chef des Gardiens est-il là?

CASSANDRE.

Non, il est allé avec ces Messieurs renouveller connoissance à table, & je cours les rejoindre.

COLOMBINE.

Dites, s'il vous plait, à Léandre qu'il tâche de s'échapper un instant, & de venir me trouver ici.

CASSANDRE *sortant.*

Cela suffit.

SCENE X.

COLOMBINE, ISABELLE *voilée.*

COLOMBINE *appellant Isabelle.*

Air : *Venez, venez vous rendre.*

Venez dans ce boccage :
L'Amour sensible à vos malheurs,
Vous attend sous l'ombrage,
Et va sécher vos pleurs.

ISABELLE.

L'Amour ! dis-tu, ma chère !
Seroit-ce Usbec ? . . . . Ah ! je frémis. . . .
Quel est donc ce mystère
Qui glace mes esprits ?

COLOMBINE.

Venez dans ce boccage, &c.

ISABELLE.

Ah ! je le vois, sans doute Usbec n'est pas loin ;
il ne m'aura fait venir ici que pour triompher plus
aisément de ma résistance.

COLOMBINE, *à part.*

Elle s'attend à voir Usbec ; laissons-la dans
l'erreur.

D 4

ISABELLE.

Le méchant ! il fait ce que peut fur un cœur fenfible les charmes du printems dans un agréable payfage.

COLOMBINE.

Allons , Mademoifelle , un peu de courage. (*à part.*) Léandre ne vient pas.

ISABELLE.

Ah , ma pauvre Colombine , je fuis bien inquiette,

COLOMBINE.

Pourquoi donc , Mademoifelle ?

ISABELLE.

Air : *J'ai rêvé toute la nuit,*

J'ai rêvé toute la nuit
Que Léandre ici conduit,
Avoit d'un Turc élégant
Pris le doliman ,
Même le turban ;
Et ce turban,
Mon enfant ;
Étoit orné d'un croiffant.

COLOMBINE.

Il n'y a rien là d'effrayant ; c'eft figne de mariage.

ISABELLE.

Air : *En Amour c'eft au village.*

D'une trompeufe apparence
J'ai vu le charme impofteur.
Mais , hélas ! pour ma conftance

Qu'est-ce qu'un rêve flatteur ?
Amour, fais de ce mensonge
Une douce vérité,
Ou que l'erreur se prolonge
Jusqu'à la réalité.

COLOMBINE.

Et Léandre qui ne paroît pas.

Air : *Sentir avec ardeur.*

Oh ! j'ai pour cette fois
L'oreille fine.
J'entends, je crois,
Sa voix.

SCENE XI.

ISABELLE, COLOMBINE, LÉANDRE.

LÉANDRE *approchant avec timidité.*

CHERE Colombine !

COLOMBINE.

Paix ; l'on vous devine.

LÉANDRE.

J'ai quitté le Gardien
A la sourdine.
Vas, ne crains rien.

COLOMBINE.

Fort bien.

LÉANDRE.

Mon Ifabelle

Eft-elle

Là ?

COLOMBINE.

Oui dà,

Oui dà,

Sur ce banc-là.

LÉANDRE.

Ah! je fens mon cœur qui s'en va.

COLOMBINE.

Venez comm' ça;

Approchez là;

Prenez, fans mot dire,

Sa main.

ISABELLE.

Dieux! j'expire.

LÉANDRE.

Hélas!

ISABELLE.

Hélas!

COLOMBINE.

Moi, je m'en vas

Faire le guet.

(*à part*). Elle le prend pour Usbec.

(*Colombine durant cette Scène, va & vient au fond du Théâtre.*)

ISABELLE *touchant Léandre.*

Un habit Européen! Quel charmant procédé!

Air : *Je le compare avec Louis.*

Pour n'éprouver pas un refus,

Le cher Usbec fçait bien s'y prendre.

Cherchant, afin de me surprendre;
L'habit qui me plairoit le plus,
Toujours galant, tendre & timide, (*bis*).
Il a pris (*bis*) celui de Candide (*bis*).

LÉANDRE.

Mais, ma chère amie......

ISABELLE.

Effet prodigieux d'amour & d'illusion! je crois même entendre le son de sa voix. C'est précisément mon rêve.

Air : *De tous les Capucins du monde.*

De tous les songes qu'on peut faire,
On voit arriver le contraire:
Or ceci ne m'est point suspect.
Rêvant à l'Amant le plus tendre,
Léandre me sembloit Usbec;
Maintenant Usbec est Léandre.

LÉANDRE.

Adorable Isabelle, ce que vous me dites-là est très-galant; mais, de grace, daignez me regarder, & reconnoissez......

ISABELLE.

Oh Ciel ! que vois-je? (*Elle s'évanouit*).

LÉANDRE.

Ma chère Isabelle..... elle a perdu connoissance. Quel embarras! Colombine.

COLOMBINE.

Monsieur.

LÉANDRE.

Elle se trouve mal. Vîte du secours.

COLOMBINE.

Ne craignez rien, Monſieur, c'eſt l'évanouiſſe-
ment d'uſage.

Air : *Ne v'là-t-il pas que j'aime.*

Voir l'Amant qu'on n'attendoit pas,
Cauſe une douce ivreſſe.
Femme a toujours en pareil cas,
Un moment de foibleſſe.
(*Iſabelle lève la tête*).

Tenez, la voilà qui revient. (*Elle retourne guêter.*

ISABELLE.

Air : *J'étois perdue.*

Eh quoi ? c'eſt vous ?

LÉANDRE.
Certainement.

ISABELLE.

Par quelle aventure !

LÉANDRE.

Je ſuis votre fidèle Amant.

ISABELLE.

Mon cœur me l'aſſure.
Je bénis l'heureux haſard
Qui vous offre à ma vue.
Mais pour vous un peu plus tard,
J'étois.... J'étois perdue.

LÉANDRE.

Enfin je vous retrouve.

ISABELLE.

Par quel prodige inconcevable ?....

LÉANDRE.

Vous ferez inftruite de tout.

ISABELLE.

O l'exemple des Amants !

LÉANDRE.

Adorable Baronne.

D U O.

Air nouveau : ou *On dit qu'à quinze ans.*

Aimons, aimons-nous ;
Que notre ardeur foit éternelle.
Aimons, aimons-nous ;
Formons le lien le plus doux.
Daigne, Amour, fous ton aile,
Nous garder à jamais.
Un couple auffi fidèle
A droit à tes bienfaits.
Aimons, aimons-nous. &c.

LÉANDRE.

Mon aimable Ifabelle, avant la fin du jour je vous enlève de ces lieux.

SCENE X.

LES MÊMES, LE BARON *à la fenêtre,* *ensuite* **LES GARDIENS DU SÉRAIL.**

LE BARON, *qui a entendu les derniers mots de* *Léandre.*

Air : *Oh ! que nenni-dà , Thomas.*

JE ne crois pas cela.
Je suis là ,
Et vais mettre ordre à ça.

COLOMBINE, *accourant.*

Ah! nous fommes perdus.

LE BARON *frappe dans fes mains & les Gardes* *paroiffent.*

Air : *Courez vite , & prenez le Patron.*

Accourrez , & prenez l'infolent,
Qui nous fait l'affront le plus fanglant.

(*Il rentre dans le Pavillon.*)

SCENE XIII.

LES PRÉCÉDENS, GARDES.

LÉANDRE.

CROYEZ-MOI, Meffieurs, n'approchez pas.

CHŒUR *des Gardes.*

Allons, mets les armes à bas.

LÉANDRE.

Bah!
Craignez mon courroux.
Retirez-vous.

CHŒUR.

Oh! nous te tenons,
Nous t'entourons,
Nous te ferrons.

LÉANDRE.

Craignez mon courroux,
Retirez-vous.

CHŒUR.

Oh! nous te tenons,
Nous t'entourrons,
Nous te ferrons.

SCENE XIV.

Les mêmes, LE BARON, *emmenant* PANGLOSS & CASSANDRE.

LE BARON *aux Soldats.*

Suite de l'Air.

EH! poltrons! quoi! vous n'avancez pas?

LÉANDRE *au Baron.*

Tu fçais bien ce que pèfe mon bras.

LE BARON.

D'accord; mais je ne m'y frotte pas.

(*Aux Gardes.*)

Meffieurs, donnez-lui le trépas.

LÉANDRE.

Bah!

Air : *Je fuis Carmelite, moi.*

Pour fe tirer d'une mauvaife affaire,
L'argent eft, je le crois,
Un moyen fûr; & par toute la terre,
C'eft la commune loi.

LE BARON.

A me laiffer tenter par une fomme,
Je ne fuis pas homme,
Moi ;
Je ne fuis pas homme.

TOUS

TOUS LES EUNUQUES.

Ni moi non plus.

LÉANDRE.

Maudit Baron, je te tuerai.

LE BARON.

Discours superflus ; en prison, en prison.

LÉANDRE.

Eh bien, connois donc l'objet que tarage pour-
suit. (*Il leve le voile d'Isabelle*).

LE BARON.

Ciel !

Air : *Pour la Baronne.*

C'est la Baronne !

ISABELLE.

Dieu ! c'est mon frère le Baron !
Eh quoi ! mon propre frère m'emprisonne !

LE BARON.

Celle que je traine en prison ,
C'est la Baronne !

PANGLOSS à *Cassandre.*

Vous voyez bien que cette reconnoissance va
tout arranger.

LE BARON aux *Gardes.*

Air : *Le Port Mahon est pris.*

Messieurs , ne vous déplaise ;
Que chacun sorte , & que l'on se taise,
Ceci change la thèse.

E

CHŒUR des Gardes.

Est-ce vous qui parlez ?
Empalez, empalez, empalez.

SCENE XVI ET DERNIERE.

LES PRÉCÉDENS, PIERROT.

PIERROT arrivant.

DOUCEMENT, Messieurs, n'empalez personne.

Air : *En quatre mots.*

* Notre Patron, homme peu circonspect,
Au sublime Sultan Achmet
A manqué de respect.
Du cordon, suivant l'usage ;
On a fait le doux message
Au Seigneur Uabec.
Sur le pourquoi je n'ouvre pas le bec ;
De peur d'être suspect ;
Mais de ce triste échec
Vous aurez le récit correct
Dans le Courrier d'Utrecht.

CHŒUR.

Air *de Marlbroug.*

Quoi ! son Altesse est morte !
A lui faut-il qu'on s'en rapporte ?

P I E R R O T.

C'eſt ſon deuil que je porte ,
De plus ſon teſtament.

C H Œ U R.

Quoi ! c'eſt ſon teſtament !

P I E R R O T.

Bien en règle vraiment ;
Et comme il nous importe ,
Il eſt avoué par la Porte ;
Et , pour preuve plus forte ,
Paraphé du Sultan.
D'Iſabelle l'Amant ,
Dans ſon dernier moment ,
Lui lègue & lui tranſporte
Son Sérail comme il ſe comporte ,
Des Eſclaves l'eſcorte,
Tant mâles qu'autrement.

C H Œ U R.

LE BARON & PANGLOSS.	ESCLAVES.
A ce grand changement ,	A ce grand changement
Vous gagnerez, vraiment,	Nous gagnons tous vraiment.
Offrez tous votre hommage	Recevez notre hommage,
A la beauté qui vous engage	Objet à qui l'on nous engage ;
Près d'elle l'eſclavage	Près de vous l'eſclavage
Eſt un deſtin charmant.	Eſt un deſtin charmant.

I S A B E L L E.

Je ſuis contente de votre zèle.

Air : D'un Bouquet de Romarin.

Au défunt je dois ce ſoir
Des larmes d'uſage.

E 2

(A Léandre).

Toi, demain tu vas avoir
    Ma main en partage.

LE BARON.

J'y consens.

ISABELLE *aux Esclaves.*

Messieurs, voyez ma bonté,
Je vous rends la liberté,
Et vo. drois, en vérité,
    Faire davantage.

PANGLOSS.

Eh bien, vous voyez, avois-je tort d'espérer?

CASSANDRE.

C'est singulier, cela prenoit cependant une toute
autre tournure.

LE BARON.

Air: *Attendez-moi sous l'Orme.*

» Vivons tous en famille,
» Joyeux, dispos, contents.

LÉANDRE.

» Déjà mon cœur pétille
» D'embrasser mes enfants.

ISABELLE *montrant Pangloss.*

» Notre Ange tutélaire
» Pourra les régenter.

PANGLOSS.

» Et Morsieur votre frère
» Leur apprendre à chanter.

VAUDEVILLE.

Air : *de Figaro.*

CASSANDRE.

En fixant notre Planette ,
Combien un fage eft furpris !
A travers de fa lunette
Tout eft mal , tout eft au pis.

PANGLOSS.

Mais retournons la lorgnette ;
Le tableau change à nos yeux.
Tout eft bien , tout eft au mieux. (*bis.*)

LÉANDRE.

Trouver , après longue abfence ,
Femme dont on eft épris ;
La foupçonner d'inconftance ,
Tout eft mal , tout eft au pis :
Mais fi , malgré l'apparence ,
On la voit des mêmes yeux ,
Tout eft bien , tout eft au mieux. (*bis.*)

COLOMBINE.

D'une femme jeune & belle ,
Que l'Epoux a de foucis !
Qu'un galant approche d'elle ;
Tout eft mal , tout eft au pis.
Mais dans l'âge où l'on chancelle ;
Femme n'a plus d'envieux ,

Le mari tranquille, heureux,
Doit dire : tout est au mieux.

LE BARON.

Cher Docteur, votre Pupille,
Déférant à vos avis,
Quoique d'humeur difficile,
Ne dis pas, tout est au pis.
Aux autres se rendre utile
Est un trait bien précieux,
Quand on ne peut faire mieux.

PIERROT.

Chacun sçait l'illustre père
Dont notre Candide est fils :
Parmi nous, s'il dégénère,
Sans doute on dira, tant pis.
Mais de sa gaité première,
S'il a quelques traits heureux,
Peut-être on dira, tant mieux.

ISABELLE au Public.

Maintenant l'Auteur en transe
Va recueillant les avis.
Si la critique s'élance,
Il dira tout est au pis.
Mais, par un peu d'indulgence
Vous lui pourrez, en ces lieux,
Prouver que tout est au mieux.

F I N.

De l'Imprimerie de CAILLEAU, rue Galande vis-à-vis de la rue du Fouare, N°. 64.